LOUISIADE

ou

Poésies Diverses,

PAR

J. F. A. DE CAZE.

Prix : 4 fr., et 4 fr. 50 c. *franc de port.*

A Paris,

EMONVILLE, IMPRIMEUR-LIBRAIRE,

RUE CHRISTINE, N° 2.

1824.

LOUISIADE
ET
Poésies Diverses

Par

J. F. A. de CAZE

Elle doit Sa Naissance
Aux Augustes Bourbons
Et Sa Reconnaissance
Leur Consacre Ses Sons

à Paris

Chez DEMONVILLE, Imprimeur-Libraire.
Rue Christine N°. 2

MDCCCXXIV.

LA
LOUISIADE,

AGRÉÉE EN MANUSCRIT

PAR

SA MAJESTÉ LOUIS XVIII,

LE JOUR DE LA SAINT-LOUIS.

IMPRIMERIE DE DEMONVILLE,
rue Christine, n° 2.

AVANT-PROPOS.

J'ai débuté dans ce petit ouvrage par tracer une esquisse du règne des mauvais rois, de ces princes que le Ciel irrité semble n'avoir jetés sur la terre que pour faire encore plus vénérer la mémoire des bons princes. C'est ainsi que, lorsque nous parcourons les pages sanglantes de l'histoire, un sentiment d'horreur nous saisit à la lecture des crimes des Néron, des Caligula, des Louis XI, et des malheurs, suite de l'indolence des Henri III. Nous détournons avec précipitation les yeux de ces scènes affreuses, pour les arrêter avec complaisance sur celles qui nous retracent les vertus des Antonins, des Louis XII, des Henri IV. Si à la suite de ces noms révérés je place celui de notre bon Roi, LOUIS XVIII, je ne suis que l'écho de l'Univers entier; et je ne crains point, ainsi que je le dis dans mon ouvrage, que l'envie, qui ne respecte rien, tente de l'en ôter. Un si beau règne est au-dessus de la calomnie; et l'avenir, empruntant le burin de la vérité, tracera en caractères ineffaçables, les traits que ma plume trop faible, n'a pu qu'esquisser légèrement.

A. DE CAZE.

LA LOUISIADE.

Que l'Univers, GRAND ROI ! dans une douce ivresse,
De tes nobles desseins admire la sagesse!
Que tes peuples heureux par ta rare bonté,
Forment de vœux ardens pour ta félicité !
Quel âpre misanthrope, ou quel censeur austère,
A l'ombre de tes soins voyant l'État prospère,
Le commerce et les arts partout fructifier,
Qui ne soit aussitôt contraint de s'écrier :
Quel prince eut avant toi, Monarque magnanime!
A l'amour des mortels un droit plus légitime ?

Sera-ce un conquérant, fléau dévastateur,
Des monstres des forêts cruel imitateur?
Pourquoi cet obélisque, à ma vue étonnée,
De lauriers offre-t-il sa tête couronnée?
Pourquoi, par cet amas de marbres fastueux,
Veut-il porter son nom à nos derniers neveux?
Des bienfaits d'un bon roi retracent-ils l'histoire?

« Ces marbres, dira-t-il, monumens de ma gloire,
» A jamais apprendront à la postérité,
» Que dans cent régions mon courage indompté,
» A cent peuples ligués fit sentir ma puissance:
» Que des lieux embrasés où Phébus prend naissance,
» Jusqu'aux bornes du monde où s'éteignent ses feux,
» J'imposai des tributs aux rois les plus fameux;

» Que l'Univers soumis à mon pouvoir suprême,
» Eut pour moi des respects qu'avouerait un Dieu même.
» Les humains admirant de si fameux exploits,
» Pour exalter mon nom réuniront leurs voix;
» Mon règne glorieux, par une main fidèle
» Transmis à l'avenir, servira de modèle.....
» Arrête! lui dirais-je; au fond d'un noir tombeau
» T'a suivi ton orgueil; regarde le tableau
» Que t'offre ce miroir : ces lauriers magnifiques,
» Se changent en cyprès; ces superbes portiques,
» Sont construits des débris de cent riches cités,
» Ornemens des États par ton bras dévastés.
» Regarde ces palais consumés par les flammes,
» Ces temples profanés; ces vieillards et ces femmes
» Égorgés de tes mains.... Tu détournes les yeux,

» Tu frissonnes d'horreur..... à toi-même odieux,
» Le remords déchirant de ton âme s'empare:
» Tu trembles; tu gémis... Apprends, homme barbare!
» Que placé par le Ciel pour veiller au bonheur
» Des peuples innocens qu'opprima ta fureur,
» Ton exécrable nom, à la race future,
» N'offrira qu'un tyran, bourreau de la nature. »

Sera-ce un fier despote au regard redouté,
Qui, méprisant les lois, n'eut que sa volonté
Pour règle des devoirs des maîtres de la terre?
Sa jalouse fureur partout sema la guerre.
Le mérite à ses yeux fut un crime d'État;
Toute belle action parut un attentat
Qu'il fallait réprimer par le dernier supplice.

On vit intervertir le cours de la justice;
On vit avec horreur des monstres inhumains
De ses arrêts cruels, ministres souverains,
Irritant les accès de sa farouche envie,
Dans le plus noble sang tremper avec furie
Leurs sacriléges mains : on vit les délateurs,
Des crimes des tyrans lâches adulateurs,
Par lui-même excités, à la vertu timide,
Supposer la noirceur d'un complot parricide.
Dès-lors plus de repos, plus de sécurité;
Dans les nœuds les plus forts, plus de sincérité.
La triste méfiance au regard sombre et louche,
Le doute sur le front, le soupçon à la bouche,
Inspira ses frayeurs aux peuples éperdus.
Sous ses pas incertains, supposant voir tendus

Les piéges ténébreux d'une trame ennemie,
L'ami de son ami craint une perfidie.
Entr'eux n'existent plus ces doux épanchemens
De la tendre amitié précieux agrémens;
Rêveurs, sombres, distraits, la froide indifférence
A de leurs entretiens banni la confiance.
En vain la voix du sang veut-elle réunir
Ceux qu'une fausse crainte a paru désunir;
Sourds à ses cris plaintifs le frère fuit son frère:
Le fils devient suspect même au cœur de son père.
Tout tremble, tout gémit: tel qu'en ces jours de deuil,
Où le Ciel irrité, dans un même cercueil,
Prêt à précipiter la race humaine entière,
D'une vapeur mortelle obscurcit sa lumière.

« Mais, réponds-moi, tyran! pendant que ta fureur

» Semait dans les esprits le trouble et la terreur,
» Étais-tu satisfait du succès de tes crimes ?
» Goûtais-tu le repos ? Non! le sang des victimes
» Que ta rage immolait semblait te menacer :
» En vain par mille efforts voulais-tu l'effacer
» De tes mains qui toujours en paraissaient rougies.
» L'horreur t'environnait : les terribles Furies,
» Agitant leurs serpens, s'attachaient à tes pas :
» Tes yeux épouvantés de l'aspect d'un trépas
» Dont ton esprit troublé redoutait les approches,
» Voyaient des meurtriers même au sein de tes proches.
» Jamais du doux sommeil les paisibles pavots
» A ton cœur agité n'apportaient le repos.
» Qu'une sombre lueur remplaçant les ténèbres,
» N'offrit à tes regards des fantômes funèbres.

» Les uns par des sanglots, de sourds gémissemens,
» Des cris entrecoupés, d'horribles hurlemens,
» Retraçaient les horreurs de leurs affreux supplices.
» Les autres déchiraient tes odieux complices,
» Et lançant jusqu'à toi leurs sinistres regards,
» Brandissaient dans leurs mains d'homicides poignards.
» La mort, le bras armé de sa faux meurtrière,
» Semblait prête à finir ta sanglante carrière;
» Tu t'éveillais couvert d'une froide sueur,
» Et t'élançais du lit frissonnant de terreur:
» Prélude des tourmens que le Ciel équitable,
» Réservait pour jamais à ton âme coupable. »

Sera-ce un prince faible et fantôme de roi,
Dont le front lâchement fléchissait sous la loi

Du premier intrigant qui d'une main hardie,
Saisissait à ses yeux sa couronne avilie ?
Sera-t-il vraiment roi, parce que dans son cœur,
Du crime n'aura point éclaté la noirceur ?
Nommera-t-on bonté sa funeste faiblesse,
Et pacifique humeur son indigne mollesse ?
Prendra-t-il rang enfin parmi les Souverains,
Dignes par leurs vertus des regrets des humains ?
Non, non ! j'entends déjà leurs ombres courroucées,
D'un affront si cruel, justement offensées,
S'écrier à l'envi : « Quel est donc ton orgueil ?
» Homme faible ! ton nom, à l'oubli du cercueil
» Ne sera dérobé que pour montrer aux princes,
» De combien de fléaux accable ses provinces,
» Un roi pusillanime aux favoris livrés.

» Tantôt ils apprendront que d'orgueil enivré,
» L'un sous l'éclat pompeux d'une riche parure,
» Voulait ensevelir son origine obscure.
» Qu'afin d'alimenter sa prodigalité,
» Tu souffris qu'abusant de ton autorité,
» Il écrasât d'impôts tes peuples misérables.
» Que tu vis sans frémir ses suppôts exécrables
» Dépouillant tes sujets du fruit de leurs travaux,
» Livrer au désespoir, les cités, les hameaux.
» Tantôt qu'un téméraire à son char despotique,
» Prétendît enchaîner la liberté publique.
» Que les grands indignés de sa présomption,
» Et voulant secouer sa domination,
» Fomentaient des complots, animaient des cabales
» Et divisaient l'État par leurs ligues fatales.

» Ils apprendront enfin qu'à cet excès d'horreurs,
» La sanglante discorde ajoutant ses fureurs,
» Souffla dans tous les cœurs son infernale rage.
» Frémis, lâche Monarque, en voyant ton ouvrage!
» Là, sous l'herbe cachés, sur la poussière épars,
» Sont les tristes débris de superbes remparts :
» Jadis leur front altier jusqu'au sein des nuages,
» Bravait impunément la foudre et les orages,
» Quand la guerre civile allumant son flambeau,
» Fit de leur vaste enceinte un immense tombeau.
» Ici de deux partis la haine trop fatale,
» Animait les transports et la rage brutale :
» C'est là que tes sujets dans un délire affreux,
» Outrageaient la nature en invoquant les Cieux :
» Leurs cadavres sanglans privés de sépulture,

» Aux avides vautours servirent de pâture.....
» Arrête ! Sous tes pieds vois-tu ces ossemens,
» Recouverts par la poudre, et blanchis par le temps.
» Sur ces murs qu'a noircis la flamme dévorante,
» D'un massacre inhumain la chronique sanglante ?
» N'entends-tu pas des pleurs et de funèbres cris ?
» Malheureux ! reconnais les sanglots des proscrits,
» D'un fanatisme affreux déplorables victimes.
» Entends-les s'écrier du fond des noirs abîmes :
» Lâche et cruel auteur de nos sanglans revers !
» Pourquoi dans ta mollesse à des monstres pervers
» Abandonner le soin de régir ton empire ?
» En vain répondras-tu qu'un funeste délire,
» Fruit de la fourberie et de la trahison,
» Enchaîna tes esprits, égara ta raison ;

» Rien ne peut excuser ta faiblesse coupable;
» Et pour jamais apprends que, juge inexorable,
» L'Histoire au front sévère, à la postérité
» Livre les actions sans partialité. »

Oui, GRAND ROI! l'avenir dont la froide justice,
Pèse les actions sans haine et sans caprice,
De ton amour lui-même éprouvant les effets,
En louant tes vertus bénira tes bienfaits.
Et si jamais l'Envie, au teint blême et livide,
Osait du noir venin de sa langue perfide
Souiller ton nom chéri: sa formidable voix
L'arrêtant aussitôt: « Du plus sage des Rois,
» Respecte, dirait-il, la mémoire chérie,
» Divinité farouche, implacable ennemie

» Du mérite sans cesse en butte à tes mépris :
» Cesse de l'outrager : à tes regards surpris
» Je veux développer le récit historique
» Des bienfaits de ce Roi conquérant pacifique,
» Afin que ce tableau, fils de la Vérité,
» T'impose le silence ou la sincérité. »

Sur les débris sanglans du trône solitaire
Des Fils de Saint Louis partage héréditaire,
Un odieux despote assis insolemment,
Des vengeances du Ciel paraissait l'instrument,
Choisi pour châtier des sujets trop crédules,
Devenus des lions les féroces émules.
Long-temps à leurs regards le plus brillant succès,
De son ambition fit triompher l'excès :

Long-temps les pleurs amers des mères désolées,
Le désespoir affreux des veuves isolées,
Demandèrent au Ciel un terme à ces malheurs.
Enfin, le Tout-puissant, touché de tant de pleurs,
D'un regard paternel adoucit leur misère,
Et d'un souffle brisa, réduisit en poussière,
Ce colosse terrible, effroi de l'univers.
Mais sa main bienfaisante, en brisant tant de fers,
Voulut avec éclat signaler sa clémence,
En tirant de l'exil pour le rendre à la France,
Le vertueux Louis, objet de tant de vœux.
Quelle plume savante ou quel pinceau fameux,
Retracerait jamais les transports d'allégresse
Des Français entraînés par l'excès de l'ivresse,
Quand l'aspect consolant de l'étendard des Lis,

Annonça le retour du Fils de Saint Louis!!
Apollon, pour chanter lui-même ce délire,
Épuiserait en vain les accords de sa lyre.

Jette, jette les yeux, cruelle Déité,
Sur le tableau touchant de la félicité,
Dont jouit l'univers sous son paisible empire.
Je le livre sans crainte aux traits de ta satire:
Trempe-les, j'y consens, dans le plus noir venin....
La Vérité t'observe, un miroir à la main.

Quel doux ravissement un bon et tendre père,
Après un long séjour sur la terre étrangère,
Ne doit-il pas sentir en revoyant les lieux
Berceau de ses enfans, tombeau de ses aïeux.

Son cœur bat, tout son corps tressaille d'allégresse;
Il ne peut contenir l'excès de sa tendresse,
Il se plaint qué ses bras dans leur étroit contour,
Ne puissent sur son sein presser que tour à tour
Ses enfans bien-aimés, et sa tendre compagne.
Ses yeux impatiens errent sur la campagne.
Il voudrait d'un seul trait admirer ses vergers,
Ses fertiles moissons, ses troupeaux, ses bergers.
Il croit voir le soleil verser plus de lumière,
Et la nuit doucement lui fermer la paupière.
Il s'éveille paisible, et son regard serein,
Jouit du doux éclat des perles du matin.
Alors plein de ferveur et de reconnaissance,
Il adresse ses vœux à la Toute-puissance,
A cet être infini dont le bras protecteur

Éloigna de ces lieux tout fléau destructeur.

Mais si, pendant qu'au loin, un sort cruel l'entraîne
Et d'exil en exil longuement le promène,
Les autans furieux renversant les saisons,
Dévastent ses vergers et ses riches moissons :
Si les flots d'un torrent grossi par les orages,
Inondant les vallons et les gras pâturages,
Entraînent les bergers, les chiens et les troupeaux;
A son retour son cœur succombe à tant de maux.

O vertueux Louis ! quelle fut ta souffrance ?
Quand l'Éternel, touché des malheurs de la France,
T'amena dans ses bras pour calmer ses douleurs.
Quel tableau rembruni des plus sombres couleurs,

Retracerait l'état de ton âme royale,
A l'aspect affligeant de la terre natale !
De cette terre, hélas! dont la rage du sort
Ne t'arracha qu'après le plus cruel effort.
Vainement sous tes pas tressaillant d'allégresse,
Son sourire voulait te cacher sa tristesse :
Vainement ses accens t'exprimant son amour,
Formaient un doux concert pour bénir ton retour :
Dans ton cœur attentif, sa profonde misère,
Enfonçait tous les traits d'une douleur amère.

Tu marchais tristement, lorsqu'enfin à tes yeux
Apparut le palais, séjour de tes aïeux.
Mais, Dieux! que son aspect augmenta tes alarmes!
Non, non, ce n'était plus ce séjour plein de charmes,

Ce séjour enchanteur où la gloire et les ris
Tressaient pour les Bourbons la couronne des lis,
Où d'antiques lauriers, rivaux des hautes nues,
Formaient de toutes parts de longues avenues :
Et balançant au loin leur feuillage guerrier,
Protégeaint les rameaux du paisible olivier :
Où les arts réunis, fiers enfans du génie,
Déposaient leur tribut aux pieds de la patrie :
Où la Religion, d'un air calme et serein,
Des fils de Saint Louis bénissait le destin;
Sur les degrés du trône amenait la clémence,
L'auguste vérité, la douce bienfaisance.
Dans son cours lumineux, l'astre brillant du jour,
Détournait ses rayons de ce triste séjour.
Le laurier foudroyé penchait sa tête altière,

L'olivier mutilé gisait dans la poussière,
Le noir cyprès lui seul, élevant ses rameaux,
Semblait en souverain régner sur des tombeaux.
Aux portes du palais, Bellonne échevelée,
Entraînait sur son char la Victoire voilée :
De gros flocons de neige accablaient ses lauriers,
Sa robe dégouttait du sang des preux guerriers,
Qu'un vil ambitieux, indigne de ses grâces,
Conduisit à la mort dans l'empire des glaces.

Gardiens de ce palais, la Terreur, le Soupçon,
Rentrent dans les enfers à l'aspect de Bourbon ;
Il entre !... Dieu des vers, que ta divine lyre
Seconde les accens que cet instant m'inspire!
Ressuscite pour moi les sensibles accords

Qui touchèrent le cœur du monarque des morts,
Lorsque ton fils chéri regrettant Eurydice,
Du Tartare attendri suspendit le supplice.

Mais quel chant de douleur peindrait l'affreux tourment
Qui déchira Louis dans ce cruel moment;
Il vit, quoiqu'à ses yeux couverts d'un voile sombre
Les objets sans couleur échappassent dans l'ombre,
Le Despotisme assis sur un trône sanglant
Dans sa main brandissant un fer étincelant.
Debout, à ses côtés, l'Ambition funeste,
Du monde à ravager lui désignait le reste:
La sombre Jalousie aiguisant ses poignards,
D'un tableau de proscrits repaissait ses regards;
De la Religion l'implacable ennemie,

Les yeux toujours au ciel, la fourbe Hypocrisie,
Se couvrait du manteau qui, trompant les mortels,
Les attire sans cesse au pied de ses autels.

Sur les marches du trône, une femme enchaînée,
Paraissait déplorer sa noire destinée :
Son front quoique flétri brillait de majesté;
Son regard douloureux respirait la fierté.
De sourds gémissemens, comprimés dans sa bouche,
Craignaient d'être entendus de ce tyran farouche,
Ses cheveux négligés descendaient sur son sein,
Jusqu'à ses pieds tombait une robe de lin,
D'emblêmes, d'attributs et de couleurs chargée,
Sa blancheur primitive en était éclipsée.
Près d'elle on entendait des frélons bourdonner,

Et sur des lis mourans à l'envi s'acharner.

A sa droite on voyait une vierge ingénue,
Les habits déchirés, sans voile, à demi-nue;
Les somptueux lambeaux attachés à son corps,
D'une main sacrilége annonçaient les efforts.
Sur son front virginal habitait l'innocence;
De son regard divin jaillissait l'espérance:
Chaque mot de sa bouche était consolateur,
Plaignait le crime altier, pardonnait à l'erreur:
Ses pensers, élevés à la gloire éternelle,
Exprimaient son mépris pour la grandeur mortelle.

A sa gauche, une femme au maintien douloureux,
Fléchissait sous les coups d'un destin rigoureux.

De sa tête tombait une couronne antique
D'épis qu'a dévorés le chardon famélique.
Son sein, jadis séjour de la fécondité,
Desséché n'offrait plus que la stérilité.
De ses mains s'échappaient la faux et la quenouille,
Ses pieds foulaient un soc dévoré de la rouille.

A ses pieds un vieillard tout couvert de haillons,
Gisait sur les débris de mâts, de pavillons.
On voyait près de lui la corne d'abondance,
Vide, offrir la famine à l'avide indigence.
Il détournait ses yeux des amas corrompus,
De racines, de fruits en monceaux confondus.
Malgré tous les efforts d'un implacable maître,
Ses yeux dans ces objets ne pouvaient reconnaître

Les produits précieux, que ses fertiles mains
Recueillaient autrefois dans les climats lointains.

Sur les murs du salon, le compas d'Uranie
Traça de l'Univers la figure arrondie.
Un habile pinceau secondant ses desseins,
Par l'éclat des couleurs releva les dessins.
Au bout de l'Océan, l'Amérique isolée,
D'épais et noirs brouillards semblait être voilée.
D'innombrables vaisseaux, fendant le sein des mers,
Livraient au gré des vents leurs pavillons divers;
Neptune s'élançant de ses grottes profondes,
S'élevait sur son char en souverain des ondes.
A son terrible aspect, l'Océan s'apaisait;
Dans son antre caché l'Aquilon se taisait.

Le seul Zéphire alors de son aile légère,
Caressait mollement le sein de l'onde amère.
Armé de son trident, le puissant dieu des flots,
De l'heureuse Albion guidait les matelots,
Secondait leurs efforts, et, sur l'humide plaine,
Traçait à leurs désirs une route certaine.

Jamais le froid soleil de l'empire des Czars
Ne vit tant de guerriers, d'armes et d'étendards,
Lorsque Pierre-le-Grand enchaînant la victoire,
Couvrait son noble front des lauriers de la gloire;
Qu'à ses yeux étonnés le fidèle pinceau
En présentait alors dans cet affreux tableau.
Du tyran des Français, l'ambition fatale,
Les avait arrachés à la terre natale;

Et les entraînant tous sur ses pas vagabons,
Les forçait à braver la rigueur des saisons.
Leur courage indompté, dans ce climat sauvage,
Des plus fiers ennemis peuplait le noir rivage :
La victoire en tous lieux s'attachait à leurs pas,
Et l'orgueil de Moscou fléchissait sous leurs bras ;
Mais des arrêts du Ciel, la marche invariable,
Allait atteindre enfin ce tigre insatiable :
Pendant qu'il sommeillait, ivre de sa grandeur,
Sur sa tête planait l'ange exterminateur.
Tout à coup de la main du ministre céleste,
S'échappent les frimas et la neige funeste :
Cavaliers et chevaux sur la glace expirans,
Couvrent bientôt ces lieux de morts et de mourans.
Que peuvent des guerriers dans cet état terrible?

Que peut contre le sort un courage invincible?
Opposer à l'horreur d'un indigne trépas,
Ce front qui décidait du destin des combats!
Guerriers infortunés! l'impartiale histoire
A gravé votre nom au temple de mémoire.
Hélas! pourquoi faut-il qu'un même châtiment,
Ait ainsi confondu le crime et l'instrument?

La fille de la mer, Albion florissante,
Élevait sur les flots sa tête triomphante:
Albion qui souvent dut à ses sages lois,
D'être la protectrice ou l'arbitre des rois;
D'éteindre ou d'allumer le terrible tonnerre
Qui soumet à son joug la moitié de la terre.

Succombant à ses maux, la France avec effort,

Détournait ses regards des régions du Nord.
Le lugubre appareil de tant de funérailles,
Épouvantait ses yeux, déchirait ses entrailles.
Elle tendait les bras vers les bords d'Albion,
L'espérance aussitôt lui présentait Bourbon.
Son cœur en tressaillait, et cette auguste Reine,
Croyait voir son époux prêt à briser sa chaîne.

Un faux pressentiment n'abuse point ton cœur,
France! lève les yeux, admire ton bonheur!
C'est le sage Louis, c'est ton époux fidèle,
Qu'amène dans tes bras la justice éternelle!
Sèche, sèche tes pleurs! tous tes maux vont finir,
Sa main vient effacer jusqu'à leur souvenir!

Louis, à cet aspect, accablé de tristesse,

Précipite ses pas vers l'auguste Princesse :
Du jour au même instant la clarté s'obscurcit;
Le Ciel tonne, l'air siffle et la terre mugit :
C'en est fait ! l'Éternel, dans l'antre des supplices,
A plongé le tyran, son trône et ses complices.

Le plus brillant soleil dispense ses rayons.
Des lis majestueux, emblême des Bourbons,
Ombragent le contour d'un trône magnifique,
Que protège en entier l'olivier pacifique.
LOUIS tend à la France une flatteuse main,
La conduit sur le trône, et d'un regard serein,
Contemplant les attraits de cette Reine auguste,
Son cœur dicte ces mots : « Du sort l'arrêt injuste
» Loin de toi m'entraîna dans un cruel exil,

» Chère épouse ! jamais l'image du péril,
» Qui toujours menaçait ma déplorable vie,
» N'obscurcit dans mon cœur ton image chérie.
» Jamais il ne poussa des plaintes, des soupirs,
» Qu'en déplorant tes maux, tes amers déplaisirs.
» Que de fois sur ton sort ma tendresse en alarmes,
» Sur ma couche déserte a fait couler mes larmes !
» Que de fois j'ai pleuré la mort de nos enfans,
» Arrachés de tes bras à la fleur de leurs ans !
» Abjurant leur rigueur, les destins plus prospères,
» M'ont enfin ramené sous le toit de mes pères ;
» Enfin le juste Ciel, propice à notre amour,
» Présente à nos regards l'aurore d'un beau jour,
» Et permet à ma main, ô moitié de moi-même !
» De placer sur ton front le sacré diadème.

» Effacer tes revers est ma suprême loi,
» Mes vœux : de te servir et mourir près de toi. »

A ces mots, sur le front de la France fidèle,
Bourbon pose des lis la couronne immortelle.
L'auguste Reine alors fléchissant les genoux,
Jette un regard d'amour sur son royal époux,
Et cédant aux transports que cet instant fait naître,
Sa bouche les exhale : « O mon souverain maître !
» O toi dont les vertus étonnent l'univers !
» Toi qu'appelait mon cœur accablé de revers !
» Du perfide soupçon jamais l'affreux nuage,
» N'a dans mon souvenir affaibli ton image !
» Hélas ! depuis le jour qu'un destin trop cruel,
» Brisa dans sa fureur et le trône et l'autel ;

» T'arracha de mes bras, et livra ma constance
» Aux outrages sanglans d'une horrible licence :
» Depuis qu'un Attila, vomi par les enfers,
» M'écrasa sous le poids de ses indignes fers :
» Mes vœux portés au Ciel, du fond de ma misère,
» Demandaient ton retour de la terre étrangère.
» Il luit enfin pour moi ce jour plein de douceur !
» Ce jour tant désiré, gage de mon bonheur !
» Oui, cher époux ! je sens à ta seule présence,
» Qu'un charme tout-puissant adoucit ma souffrance:
» Oui, bientôt par tes soins mes maux disparaîtront,
» Et mes beaux jours passés à jamais renaîtront ! »

Louis, en roi chrétien, fils aîné de l'Église,
A la Religion tend une main soumise :

« Fille des Cieux, dit-il, du Père des mortels,
» J'ai toujours adoré les décrets éternels :
» Jamais mon cœur frappé d'une douleur extrême,
» N'a blessé d'un seul mot sa majesté suprême,
» En sa vaste bonté, plein de sécurité,
» La Foi m'a soutenu dans mon adversité.
» Non, ce n'est pas en vain que l'homme en lui se fonde,
» Souvent pour l'éprouver, sa sagesse profonde,
» Semble l'abandonner aux rigueurs du destin ;
» Mais en père bientôt il lui donne la main.
» Toi-même quelquefois, toi, sa fille immortelle,
» Il te livre aux fureurs d'une main criminelle :
» Il permet que l'impie élève un front altier ;
» Mais c'est pour le confonde et te justifier.
» Oui, fille du Très-Haut, qui sur les cieux réside,

» En vain l'impiété dans sa rage perfide,
» Sur toi veut distiller son infernal venin :
» La brillante clarté de ton flambeau divin
» Éclipsant de l'erreur la lueur mensongère,
» Conduira les mortels dans le sein de leur père ;
» Reçois, fille du Ciel, mon hommage et mes vœux.
» Présente-les au Roi de la terre et des cieux :
» Et qu'il daigne, à ta voix, écoutant sa clémence,
» Répandre ses bienfaits sur Louis et la France. »

A peine ce bon Prince avait dans sa ferveur,
A la Religion exprimé son ardeur,
Que l'état de ta fille, ô sage Triptolême !
Attrista ses regards par sa misère extrême :
« Source des vrais trésors ! nourrice des humains !

» Calme ton désespoir ! à tes fertiles mains
» Je viens rendre, dit-il, leur vigueur primitive,
» Les bois n'entendront plus ta voix triste et plaintive
» Demander à la mort d'épargner les enfans
» Qu'arrachait de ton sein Bellone aux bras sanglans.
» Non, du Dieu des combats, la fille impitoyable
» Ne troublera plus l'air de sa voix effroyable.
» Du paisible olivier, les utiles rameaux,
» Protégeront encor les champs et les hameaux.
» Mère de tous les arts, doux espoir de la France!
» Va remplir de tes dons la corne d'abondance. »

Le Commerce éveillé par ces mots consolans,
Voit ses bras délivrés de leurs fers insolens.
« Et toi, lui dit Louis, toi qu'un tyran sauvage,

» Écrasa sous le poids d'un affreux esclavage,
» Commerce, lève-toi! Déjà les matelots
» Brûlent de sillonner le vaste sein des flots.
» Cours ranger sous tes lois l'inconstante fortune,
» Ma main vient de t'ouvrir l'empire de Neptune.
» Protégé par les Lis, va, parcours les climats
» Qui virent de Suffren les célèbres combats. »

Pendant que ce Monarque, instruit par la sagesse,
Ranimait l'espérance et chassait la tristesse,
Le père des Bourbons, de la voûte des Cieux,
Sur la France et Louis avait fixé les yeux.
Louis XII, Henri IV entourés de lumière,
Comme lui vers la France abaissaient leur paupière.
Au milieu des plaisirs du céleste séjour,

Pour elle ils conservaient le plus ardent amour.
Ils gémirent souvent de l'état déplorable,
Où la précipitait un monstre insatiable.
Et souvent prosternés aux pieds de l'Éternel,
Leurs vœux la protégeaient contre un destin cruel.
En ce moment leur cœur plein d'une douce ivresse
Goûtait l'heureux transport d'une vive allégresse :
Ils voyaient dans Bourbon un sage et tendre fils,
Digne par ses vertus de l'empire des Lis.
Tout à coup Saint Louis, du haut de l'empirée,
Fit entendre ces mots de sa bouche sacrée :
« Courage, mon cher fils, accomplis tes projets,
» Règne sur des enfans et non sur des sujets.
» Le Très-Haut dans tes mains a remis son tonnerre
» Pour devenir l'amour, non l'effroi de la terre.

» Suis toujours les vertus des bons rois tes aïeux,
» Au séjour du bonheur tu parviendras comme eux. »

La voix de Saint Louis, telle qu'un trait de flamme,
Du vertueux Bourbon pénétra la grande âme :
Son courage en augmente, et son cœur généreux,
N'a plus qu'un seul désir, celui de rendre heureux
Des peuples trop long-temps victimes d'un barbare.
En vain l'enfer jaloux vomit du noir Tartare,
Pour troubler les élans de la félicité,
L'éternel ennemi de la société,
L'intérêt personnel, fils du froid égoïsme.
Le monstre redoutait, qu'à travers un seul prisme
A chercher le bonheur les Français animés,
Parvinssent à calmer les maux envenimés,

Qui depuis si long-temps accablaient la patrie.
« Craignez de voir bientôt votre gloire flétrie,
(Disait-il sourdement aux généreux guerriers
Qui depuis trente hivers moissonnaient des lauriers)
» En vain vos longs travaux, vos nobles cicatrices,
» A l'univers entier attestent vos services :
» En vain des verts lauriers couronnant votre front,
» Semblent en écarter et l'insulte et l'affront :
» Des lâches détracteurs, qu'offusque votre gloire,
» Brûlent d'en effacer l'ineffaçable histoire.
» Sans titres, sans honneurs, pauvres et mutilés,
» Dans vos tristes foyers vous mourrez exilés,
» A moins que rallumant cette audace guerrière,
» Qui jadis sous son joug courba l'Europe entière,
» Vous ne frappiez encor d'un bras victorieux,

» Des ennemis trop vains d'un secours odieux. »

« Illustres défenseurs des droits de la couronne,
» Vous, les nobles soutiens de l'autel et du trône,
(Disait-il aux Français, qui, bravant les revers,
Avaient suivi leur Roi jusques au sein des mers)
» Eh quoi ! lorsqu'à vos vœux les destins plus propices
» Viennent de mettre un terme à vos longs sacrifices,
» Et s'apprêtent enfin à les récompenser;
» Pourriez-vous donc souffrir, sans vous en offenser,
» Que des soldats issus de la classe commune,
» Osassent vous ravir les dons que la fortune,
» Réservent pour vous seuls par un juste retour. »
De ces suggestions, l'astucieux détour,
Bannissait des esprits la douce confiance,

Et d'un nouvel orage épouvantait la France.

Mais tel et plus puissant que le maître des flots,
Qui n'établit sur eux qu'un passager repos,
Louis parle ! à jamais il bannit les alarmes.
Ton époux bien-aimé, prévint ainsi tes larmes,
O France intéressante ! et ton cœur maternel,
Se promit de ses soins un bonheur éternel.
Non, tu ne craignis plus que des mains parricides,
Plongeassent dans tes flancs des poignards homicides.
La paix, la douce paix, par ses charmes vainqueurs,
Désarmait tous les bras, ramenait tous les cœurs :
Des lois, fruit précieux des plus savantes veilles,
Du règne d'un Roi juste annonçaient les merveilles :
Le suprême pouvoir dans ses royales mains,

Présageait le repos aux malheureux humains,
Ainsi que l'arc d'Iris, dissipant le nuage,
Promet aux matelots le calme après l'orage.
Adoré des Français, des voisins respecté,
Il ferma du dieu Mars le temple détesté.
C'est alors que l'on vit la riche agriculture
De son art précieux embellir la nature.
La terre secondant ses vœux et ses efforts,
De son fertile sein prodiguait les trésors.
Bergers et moissonneurs, à l'ombre du feuillage,
Des chantres des bosquets empruntaient le langage,
Pour célébrer en chœur ce règne fortuné.
Était-il sur la terre un seul infortuné
Dont la main des Bourbons jusque sous la chaumière
N'allât d'un prompt secours adoucir la misère?

Le commerce excité, s'élançant sur les flots,
Des trésors de l'Indus flatta les matelots :
Son vol audacieux rasant la plaine humide,
Franchit, tel que l'éclair, les colonnes d'Alcide,
Offrit avec orgueil au rivage persan,
Des Lis long-temps proscrits l'emblême triomphant;
Et redoublant d'ardeur son adroite industrie,
Des trésors du Thibet enrichit la patrie.
De sa gloire, LOUIS, détachant un rayon,
Pour honorer les arts en décora son front.
Les Muses respirant sous un si doux empire,
S'empressaient à l'envi de reprendre la lyre.
Ses accords animant leurs sublimes accens,
Ne donnaient aux Bourbons qu'un légitime encens.
L'univers renaissait, et la divine Astrée

Semblait avoir quitté sa demeure sacrée :
La liberté.... grands Dieux ! des gouffres de l'enfer,
S'élance un monstre armé d'un homicide fer.
Berri !... c'en était fait : la mort impitoyable,
Couvrait déjà son front de son crêpe effroyable.
Prince trop généreux ! le poignard dans le sein,
Ta faible voix priait pour ton lâche assassin ! ! !
Mais, tel est des Bourbons le noble caractère,
Dans chacun d'eux toujours on reconnaît un père.

Les Français consternés de ce crime odieux,
Dans leur juste douleur supplièrent les Cieux
De protéger Louis, sa royale famille.
Leurs vœux sont exaucés : soudain à leurs yeux brille
D'un jour resplendissant l'étonnante clarté :

Le tyran des enfers se cache épouvanté :
La terre a tressailli : la nature en silence,
De son divin auteur adore la présence.

« Peuples, dit l'Éternel, en vain les noirs démons
» S'uniraient désormais pour frapper les Bourbons;
» Sous l'abri protecteur de la céleste égide,
» Les Lis résisteront à leur souffle perfide.
» De leur antique tronc les rameaux renaissans,
» Croîtront, s'élèveront nombreux et florissans.
» Du vertueux Berri, chérissez la mémoire,
» Par des pleurs superflus n'offensez point la gloire
» Dont il brille sans cesse auprès de Saint Louis;
» Il revivra pour vous dans le généreux fils
» Que porte dans son sein l'auguste Caroline.

» De ce Prince garant de ma bonté divine,
» Henri sera le nom. » Il se taît à ces mots,
Et verse dans les cœurs l'espoir et le repos.

Cependant du Très-Haut l'infaillible promesse,
Venait de s'accomplir : l'héroïque Princesse
Mère du jeune Henri, surmontant la douleur,
De l'incrédule altier confondit la fureur
Par ces mots foudroyans : « *Douteras-tu du père,*
» *Mon fils n'est point encor séparé de sa mère?* »
Sans cesse poursuivi par cet arrêt fatal,
Éperdu, terrassé, l'affreux démon du mal
D'un vol précipité fuyant loin de la France,
Porta sur d'autres bords sa maligne influence.
Mais quoi ! farouche Envie : une sombre douleur

De ton livide front sillonne la pâleur.
Tu détournes les yeux, et ta rage impuissante,
Expire sur les bords de ta bouche écumante :
Ta victime t'échappe et tu vois l'avenir
Garder de ses bienfaits le plus doux souvenir :
Ah ! bien d'autres vertus que vantera l'histoire,
L'ont placé pour jamais au temple de mémoire,
Pour servir de modèle aux plus illustres rois.
Tu l'as vu dans la paix faire fleurir les lois :
Remplissant l'Univers du bruit de sa clémence....
N'en soyons point surpris : c'est un don de naissance.
Je citerai son zèle à servir ses amis,
A défendre leurs droits contre leurs ennemis ;
A garder constamment, dans la moindre alliance,
Cette fidélité d'où naît la confiance.

S'il paraît dans la paix législateur prudent,
La guerre l'offre encore et plus sage et plus grand.
Tu le verras couvert des lauriers de la gloire,
Entourer d'oliviers le char de la victoire.

L'Espagnol avait vu ses efforts inouïs,
Du joug d'un conquérant affranchir son pays.
L'auguste Ferdinand soustrait à l'esclavage,
Jouissait en repos de son vaste héritage,
Et d'un nouvel hymen savourant les douceurs,
Paraissait du destin épuiser les faveurs.
Quand le monstre exilé de la Gaule fidèle,
Ne quittant qu'à regret une terre si belle,
Suspendit de son vol le cours audacieux,
Sur l'aride sommet de ces monts sourcilleux,

Qui forment la limite entre elle et l'Ibérie.
A peine y touchait-il que sa voix en furie,
Semblable au roulement de la foudre en éclats,
Fit entendre ces mots : « Dans quels lointains climats
» Suis-je donc obligé d'établir mon empire ?
» Jadis je commandais à tout ce qui respire,
» Tandis que maintenant..... O rage ! ô désespoir !
» Qui voudra désormais fléchir sous mon pouvoir ?
» Puisque d'un faible enfant la fragile existence,
» A l'abri d'un vieillard m'exile de la France :
» Si l'espoir d'y rentrer s'offrait à mes regards,
» Mes maux s'adouciraient. » Ses yeux sombres, hagards,
Secondant ses désirs, parcouraient l'hémisphère.
Ils s'arrêtent enfin sur un point de la sphère ;
Un stérile rocher partout battu des flots,

Hérissé de remparts, de tours et de créneaux,
Le monarque espagnol dans ce lieu redoutable,
Venait de rassembler un convoi formidable,
Qui bientôt de Cadix abandonnant le port,
Annonçait au Pérou les combats et la mort.
Parmi les Castillans prêts à traverser l'onde,
Pour rétablir le calme au sein du Nouveau-Monde,
Était un vil mortel, fourbe caméléon,
Qu'enfanta l'anarchie et nourrit Alecton.
Son cœur pétri d'orgueil, de fiel et d'artifice,
Errant dans les détours de sa noire malice,
Suppliait la Discorde et la Sédition,
De seconder les vœux de son ambition.
Le génie infernal entendit sa prière,
Et dès que de Phébus la mourante lumière

Eut cédé son empire aux ombres de la nuit,
Par l'espoir ranimé, par la rage conduit,
Il s'élance en courroux, fend d'une aile assurée
Les vastes régions de la voûte azurée,
Et s'abat sur les tours de l'île de Léon.
D'un songe en ce moment la douce illusion
Au farouche Riégo dans les bras de Morphée,
Du pouvoir souverain présentait le trophée:
Le sceptre, la couronne et le manteau royal,
Qu'à son Roi dans les fers ce sujet déloyal
Arrachait en fureur pour s'en parer lui-même.
Mais à peine sa main touchait au diadème,
Que du trône entr'ouvert s'élance avec fierté
Un guerrier tout brillant d'or et de majesté,
Dont le bras enchaînant sa rage ambitieuse,

Présente à Ferdinand sa main victorieuse.
Riégo croyant descendre au séjour de Pluton
S'éveille en frémissant : mais l'infernal démon
Le gourmande en ces mots : « Voilà donc ce courage
» Qui devait à travers le sang et le carnage,
» Se frayer une route au suprême pouvoir !
» Lâche ! courbe ton front : va remplir le devoir
» D'un esclave rampant à l'aspect de son maître !
» Est-ce pour obéir que je t'avais fait naître !
» Reprends ton énergie, et qu'un songe trompeur
» Ne t'épouvante plus de sa noire vapeur.
» C'est pour te seconder que j'ai quitté la France.
» Mérite mes faveurs par ton obéissance ;
» A ce prix seul tu peux voir couronner tes vœux.
» Ferdinand entouré de plaisirs et de jeux,

» Laisse à d'autres le soin des affaires publiques :
» Les grands sont mécontens de ses arrêts iniques ;
» Les guerriers en vantant leurs services passés,
» Murmurent de les voir trop mal récompensés.
» Irrite habilement l'aigreur qui les anime :
» Dis-leur qu'il est affreux qu'un peuple soit victime
» Du caprice inhumain du pouvoir absolu.
» Dis-leur, qu'à le frapper ton bras est résolu :
» Et que si les efforts de leur haute vaillance
» Soutenaient les projets dictés par ta prudence,
» Sous vos coups réunis le monstre tomberait,
» Et l'univers surpris alors admirerait
» L'Espagnol terrassant le pouvoir despotique,
» Proclamer hautement la liberté publique.
» Dissimule surtout tes vœux audacieux,

» La feinte fut toujours l'art des ambitieux. »
Il dit: et souffle, au sein de ce tigre barbare,
Tous les feux que sa rage emprunta du Ténare.
Aux horribles transports qui l'agitent soudain,
Riégo de sa frayeur sourit avec dédain,
S'incline avec respect devant l'affreux génie,
Et jure, à le servir, de consacrer sa vie.

A peine les rayons du Dieu brillant du jour,
Annonçaient aux mortels son glorieux retour,
Que brûlant d'accomplir ses vœux et sa promesse,
Riégo va déployer ses soins et son adresse,
A pervertir le cœur et corrompre la foi
Des guerriers qui venaient de jurer à leur Roi,
Zèle, fidélité, respect inviolable.

« Que votre sort, dit-il, me paraît déplorable,
» Généreux Castillans ! votre rare valeur
» A bravé les efforts d'un fier usurpateur.
» En vain de ce tyran la redoutable armée,
» Inonda vos foyers de sang et de fumée :
» En vain l'embrasement de vos toits renversés,
» De vos fils massacrés les membres dispersés,
» Semblaient devoir dompter votre persévérance :
» Rien ne peut ébranler votre noble constance.
» Gravissant les rochers, vous cachant dans les bois,
» Par la soif et la faim souvent mis aux abois,
» Et toujours engagés dans des combats terribles,
» Vous vîtes ces Français jusqu'alors invincibles,
» Cédant à vos efforts la palme des guerriers,
» Flétrir en reculant leurs antiques lauriers.

» Pour Ferdinand captif vous défendiez le trône :
» A peine délivré, votre valeur lui donne
» Un royal diadême encore dégouttant
» Des restes précieux de ce généreux sang
» Que le fer ennemi fit couler des blessures,
» De vos brillans travaux marques nobles et sûres.
» Si la reconnaissance habitait chez les rois :
» Pour vous récompenser de vos nombreux exploits,
» Ferdinand, revêtu de la pleine puissance,
» Aurait pu se livrer à sa munificence :
» Mais, l'ingrat enivré par l'encens des flatteurs,
» Réserva pour eux seuls son or et ses faveurs;
» Paya par des mépris vos glorieux services,
» Et pour dernier affront, plongea dans les supplices
» Les illustres mortels dont l'accent vertueux

» Osa lui remontrer ses soins peu généreux
» Envers les protecteurs du trône et de ses pères.

» Voilà donc, Castillans! quels sont les jours prospères
» Que vous pensiez couler dans le sein de la paix,
» Chargés d'or et d'honneurs pour prix de vos hauts faits!
» C'était là votre espoir! cependant la vieillesse
» S'avance, et sur ses pas est l'affreuse détresse.
» Quel sera votre sort dans ces lointains climats,
» Où vous allez courir à de nouveaux combats?...
» Vous y périrez tous, rongés d'inquiétude,
» En maudissant des rois la noire ingratitude!

» Mais, si votre âme encore avait cette fierté
» Qui jadis combattit pour votre liberté:

» Un seul effort pourrait changer vos destinées,
» Et vous les assurer longues et fortunées.

» Ferdinand abusant du pouvoir souverain
» Que daigna lui donner votre vaillante main,
» Manque aux devoirs sacrés que la nature même
» A tracés de sa main autour du diadême.
» Punissez du tyran l'odieux attentat,
» En vous constituant protecteurs de l'État,
» Et proclamant pour lui des lois conservatrices
» Capables d'enchaîner les rois et leurs caprices.
» Du monarque offensé, que l'impuissant courroux
» Ne vous alarme point; les peuples sont pour vous!
» Le vrai pouvoir d'ailleurs n'est-il pas dans l'armée?
» Frappons la tyrannie, et notre renommée,

» Étonnant l'univers du bruit de sa grandeur,
» Brillera pour jamais d'une vive splendeur. »

Les spécieux discours employés par ce traître,
Pour séduire l'esprit des sujets de son maître,
Allumant tous les feux de la sédition,
Éclatèrent bientôt par la rébellion.
Ivre de ses succès, mais adroit politique,
Il proclame à grands cris la liberté publique;
Mais, cette liberté, masque des factieux
Manteau des intrigans et des ambitieux,
Qui nourrit dans son sein la fausse indépendance,
La guerre et ses fureurs, le trouble et la licence,

Ferdinand indigné que des audacieux

Outrageassent les droits transmis par ses aïeux,
Arma pour les punir : mais, ô douleurs mortelles !
Ses guerriers corrompus par l'aspect des rebelles,
Méconnaissent sa voix, trahissent leur devoir,
Et de l'affreux Riégo vont augmenter l'espoir.
Plus terrible en son cours qu'un funeste incendie,
La révolte s'accroît, vole et se multiplie.
Bientôt pour se ranger sous ses noirs étendarts,
Ses fougueux partisans volent de toutes parts.
Vainement Ferdinand, poussé par son courage,
Voulut-il arrêter les excès de sa rage,
Indignement trahi par ses lâches soldats,
Il ne peut affronter les hasards des combats.
De Riégo triomphant les farouches cohortes
Entourent son palais, en assiégent les portes :

Leur téméraire chef, en cet instant fatal,
Du comble de l'audace arbore le signal;
Il oblige son Roi, par l'aspect du supplice,
A signer de ses droits le cruel sacrifice.
Le noble Ferdinand, sans secours, sans appui,
Eût reçu le trépas, s'il n'eût frappé que lui;
Plutôt que de souffrir qu'une main sacrilége,
Eût atteint de ses droits le sacré privilége:
Mais d'une jeune épouse et d'enfans au berceau,
Son féroce assassin devenait le bourreau;
Malgré son désespoir, dans ce moment terrible,
De la nature en pleurs l'accent irrésistible,
Retentit à son cœur: son courage est glacé,
Il se rend: et sa main lentement a tracé
L'abandon d'un pouvoir qu'il tenait de ses pères.

Vous triomphiez alors, idolâtres sectaires,
Ennemis forcenés du trône et de l'autel!
Dans vos fougueux transports, de son venin mortel,
Votre bouche exhalant la vapeur homicide,
Exhortait au blasphême, au meurtre, au régicide!
Furieux insensés! dans votre aveuglement,
Du trône des Bourbons, sapant le fondement,
Votre bras criminel croyait le mettre en poudre;
Quand pour le protéger, le Maître de la foudre
Armait déjà sa main de ces feux dévorans,
Par qui les monts en cendre errent au gré des vents.

Riégo dont tous les vœux se portaient vers le trône,
De ses ardens regards dévorait la couronne,
Ses projets criminels s'avançant à grands pas,

A Ferdinand captif annonçaient le trépas :
Tout semblait lui livrer sa royale victime :
Quand le roi des Français dont le cœur magnanime,
Toujours à l'infortune offrit un prompt secours,
Apprenant ses dangers veut défendre ses jours.
Il appelle à l'instant un fidèle ministre.
« Va, lui dit-il, auprès de ce sénat sinistre,
» Qui d'un vil factieux secondant les projets,
» Du monarque Espagnol soulève les sujets :
» Dis-lui : que si mon rang, mon âge et ma puissance,
» Ont le droit d'exiger toute sa déférence,
» Il délivre son Roi de ses indignes fers ;
» Le console des maux qu'il a déjà soufferts ;
» Et que par son respect, son amour et son zèle,
» Il lui fasse oublier qu'un jour il fut rebelle.

» Si pour sauver Bourbon de ses cruels excès,
» Mes pacifiques soins demeurent sans succès,
» Dis-lui : que du Très-Haut images sur la terre,
» Les Rois, de sa justice empruntent le tonnerre,
» Qui frappe les sujets traîtres à leurs sermens. »

Jamais par tant de cris, tant de rugissemens,
Les tigres dévorans, fléaux de la nature,
Poursuivant en fureur leur timide pâture,
N'effrayèrent l'écho de leurs sombres forêts :
Qu'aux désirs de Louis, les farouches cortès
Ne firent retentir de leurs clameurs atroces
Le repaire infernal de leurs hordes féroces.

« Guerre, guerre à Louis ! guerre à tous les tyrans,

» Fondons la liberté sur leurs corps expirans !
» Jurons d'exterminer tout prince téméraire,
» Qui voudrait nous courber sous son joug arbitraire !
» Que ce serment gravé sur le marbre et l'airain,
» Instruise que le peuple est le seul souverain ! »

Le grand cœur de Louis, étranger aux alarmes,
Songe à couvrir Bourbon du succès de ses armes,
Et veut dans sa justice, en frappant des pervers,
Aux peuples innocens épargner des revers.
Il convoque les chefs de ses vastes provinces,
Et plein d'espoir leur dit : « Fiers soutiens de vos princes
» Du trône et de l'autel généreux défenseurs,
» Contre leurs droits sacrés d'affreux conspirateurs,
» Parricides enfans de leur belle patrie,

» Promenant leur fureur dans toute l'Ibérie,
» Ferdinand, un Bourbon, un fils de Saint Louis,
» Après de longs malheurs, des travaux inouïs,
» Jouissait en repos des droits de sa couronne;
» Lorsque ces forcenés que le crime environne,
» Signalant leurs excès jusque dans son palais,
» Le menacent encor du plus grand des forfaits.
» En vain pour rétablir la paix, l'obéissance,
» J'ai fait parler l'honneur, la douceur, la prudence:
» Bien loin de condescendre à mes vœux les plus doux,
» Les cortès endurcis s'enflamment de courroux,
» Contre leur Roi captif ils redoublent de rage,
» Et jusque sur moi-même étendent leur outrage.
» Français! vous savez tous que de la douce paix
» J'ai toujours recherché les solides bienfaits:

» Vain désir ! le démon qui trouble l'Ibérie,
» Menace nos foyers de toute sa furie.
» Le sang et l'amitié, la prudence et l'honneur
» Réclament de mes soins un secours protecteur,
» Pour arracher Bourbon au sort qu'on lui prépare,
» Et garantir l'État d'un ravage barbare,
» Le courage francais à vaincre accoutumé,
» Secondant la valeur de mon fils bien-aimé,
» Aura bientôt dompté ces tigres sanguinaires,
» Et rétabli Bourbon au trône de ses pères :
» Français ! quand l'honneur parle on vous voit toujours prêts ;
» Travaillons de concert aux belliqueux apprêts
» D'une expédition qui nous couvrant de gloire,
» Fera naître la paix du sein de la victoire. »
Il dit : soudain les vœux, les applaudissemens,

Expriment des Français les zélés sentimens.
A son cœur paternel ces élans de tendresse,
Font goûter les douceurs d'une vive allégresse.

A la voix de Louis, sous les drapeaux de Mars,
Les Français valeureux viennent de toutes parts.
Il appelle aussitôt le vaillant Angoulême.
« Je remets en tes mains l'honneur du diadême,
» Dit-il en l'embrassant; va, vole, mon cher fils,
» Arracher à ses fers un fils de Saint Louis.
» Evite les transports d'un aveugle courage,
» Un chef dans les périls doit être calme et sage;
» Qu'à tes braves guerriers, tes soins officieux,
» Prouvent que dans tes flancs coule un sang généreux.
» De ton aïeul Henri, suivant les nobles traces,

» Que toujours la douceur précède les menaces.
» Songe que les sujets dans leur égarement,
» Souvent ne sont conduits que par l'aveuglement,
» Et que sur leurs erreurs il vaut mieux les convaincre,
» Que le fer à la main les combattre et les vaincre.
» Ne prodigue jamais le sang de tes soldats;
» Au chemin de l'honneur guide toujours leurs pas;
» Un Bourbon fut toujours à la gloire fidèle,
» Tes soldats sont Français! la victoire t'appelle. »
Angoulême à ces mots sent palpiter son cœur,
Et promet à son Roi de revenir vainqueur.

Pendant que les Français qu'un noble zèle enflamme,
Accourant se ranger sous l'antique oriflamme,
Annonçaient aux cortès la honte et le trépas,

Ces traîtres rappellaient leurs farouches soldats :
Tels que dans les déserts de l'Arabie ardente,
Des affreux Bédouins une peuplade errante,
Se rassemble au signal du meurtre et du larcin.
Tels les vils apostats que l'Espagne en son sein,
Ne voit qu'avec horreur s'excitant au pillage,
Sur le trône et l'autel étendre leur ravage,
Accoururent en foule à leur sinistre appel :
A leur tête on voyait Quiroga, San-Miguel,
Zayas, Vigo, Garcès, Mina le téméraire,
Palaréa, Milans, Rotten le sanguinaire,
Valdès, Balestéros et l'Empécinado,
Prosélytes ardens du féroce Riégo.

Sans cœur, comme sans foi, lâches et vils rebelles,

Pourquoi vous emparer des forts, des citadelles?
Croyez-vous, à l'abri des tours et des remparts,
Écraser des Français les bataillons épars?
Vain espoir! dans sa main Bourbon tient déjà prêtes
Les foudres qui bientôt écraseront vos têtes.
Tremblez! traîtres, tremblez! sous le drapeau des lis
La Vendée a pris place à côté d'Austerlitz:
Wagram à qui toujours la victoire est promise,
Des mains de Weissembourg a reçu sa devise.
Reggio, d'Antichamp, Damas, Moncey, Vallein,
Lauriston, Molitor, Larochejaquelain,
Hohenlohe, Ambrugeac, Carignan, Ligneville,
Bordesoulle, Ricard, Bourck, Duperré, Pamphile,
Bourbon-Bussé, Conflans, Guilleminot, Bourmont,
Donnadieu, Bethisy, Vence, Albignac, d'Omont,

Et mille preux guerriers favoris de la gloire,
Dignes d'être placés au temple de mémoire,
Défenseurs de l'autel et de la royauté,
Ont juré de punir votre déloyauté.
A l'honneur, à leur Roi, des Castillans fidèles,
Brûlant de moissonner des palmes immortelles,
Et d'arracher Bourbon à vos lâches poignards,
S'empressent d'accourir sous leurs fiers étendarts.
Sur leur front belliqueux l'espoir éclate et brille.
Parmi tous ces guerriers, l'honneur de la Castille,
On distingue Mysas, Eyroles, Quésada,
D'Espagne, Mérino, Miralès, Eguia,
Ulmann, Romagosa, Bessières, le Trapiste,
Qui décore son froc d'un glaive royaliste.
Mars dans ces combattans contemple ses rivaux,

Et Rolland les admire aux champs de Roncevaux.
Tremblez! de vos remparts l'orgueilleuse insolence,
Va fléchir sous les coups de leur rare vaillance!

Des ordres de son Roi fidèle observateur,
Bourbon, aux Espagnols, vint en libérateur.
« Castillans! leur dit-il, des perfides, des traîtres,
» Violant lâchement la foi de leurs ancêtres,
» Et fomentant le trouble et la sédition,
» Ont attaqué le trône et la religion.
» Leurs sacriléges mains conduites par la haine,
» Ont chargé votre Roi d'une odieuse chaîne.
» Vos temples profanés, leurs prêtres massacrés,
» L'horrible enlèvement de leurs vases sacrés,
» Ne sont que le signal des maux que vous prépare

» De ces audacieux l'ambition barbare.
» La discorde et la guerre agitant leurs flambeaux,
» Vont convertir l'Espagne en immenses tombeaux.
» Vous verrez vos soldats, avides de pillage,
» Porter sur vous des mains fumantes de carnage,
» Et joignant la licence à la férocité,
» Immoler l'innocence à leur brutalité :
» Vous verrez l'anarchie et les guerres civiles,
» Dévaster vos moissons, incendier vos villes :
» Le Désespoir assis sur leurs débris fumans,
» Épouvanter les Cieux de ses rugissemens ;
» La cruelle Famine et l'horrible Misère,
» A vos pas s'attacher !... Ah ! qu'un retour sincère
» A vos anciens devoirs, prévienne tant d'horreurs.
» Aveugles Castillans ! ce n'est pas en vainqueurs

» Que nous portons nos pas sur le sol de l'Espagne.
» L'honneur seul nous conduit, la paix nous accompagne.
» Nous venons pour briser les fers de votre Roi,
» Rendre à l'État le calme, et rétablir la foi.
» Nos glaives n'atteindront que l'Espagnol farouche,
» Qui recevra nos vœux le blasphême à la bouche. »

A peine aux Castillans, ce Prince généreux,
Eut appris de son Roi les pacifiques vœux,
Que transportés de joie et de reconnaissance,
Ils tendirent les bras au héros de la France.
Sa marche triomphale et son auguste aspect,
Pénétraient tous les cœurs d'amour et de respect;
Les cités s'empressaient à décorer leurs portes,
Tandis que des Cortès les hideuses cohortes,

Redoutant sa valeur, fuyaient dans les vallons,
Comme un nuage obscur devant les aquilons.
Ferdinand bénissait l'éternelle justice,
Et plein d'un doux espoir oubliait son supplice,
Quand ses lâches geôliers craignant d'être surpris,
L'entraînent sur leurs pas dans les murs de Cadix.
Aussitôt vers Madrid Angoulême s'avance,
Mais l'Abisbal, par eux commis à sa défense,
Soit crainte, soit remords, abandonne ses murs,
Et va cacher sa honte dans des lieux plus obscurs.
Dès que Bourbon parut dans cette capitale,
Qui jadis à son Roi se montra si fatale,
Le peuple délivré d'un joug usurpateur,
Par ses vœux rendit grâce à son libérateur.
Tel que le roi des airs, plein d'ardeur et de joie

Fond sur d'affreux vautours acharnés sur leur proie ;
Tel le Prince français à Cadix s'élançant,
Fit entendre aux Cortès son courroux menaçant :
« Rendez ! dit-il, rendez, troupe lâche et cruelle,
» Votre auguste captif à son peuple fidèle !
» Ou cent foudres d'airain brisant vos bastions,
» Vont punir vos forfaits et vos séditions.
» Assez et trop long-temps vos ténébreuses trames,
» Vos noires trahisons et vos crimes infâmes
» Ont porté dans les cœurs et le trouble et l'effroi.
» Il en est temps encor, délivrez votre Roi,
» Et par votre respect et votre obéissance,
» Méritez, s'il se peut, sa royale clémence ! »

Des sauvages Cortès l'aveuglement fatal,

Oppose à ses désirs un délire brutal;
Renfermés dans des lieux ceints de murs formidables,
Par la nature et l'art rendus inabordables,
Tout semblait conspirer à flatter leurs excès,
Et leur promettre encor d'infaillibles succès.
Mais quels fameux remparts? quels lieux inaccessibles,
Résisteraient au bras des Français invincibles,
Combattant sous les yeux de leur Prince adoré!
D'un seul de ses regards brûlant d'être honoré,
Chaque guerrier devient un redoutable Alcide,
Que le trépas devance et la victoire guide.

Angoulême irrité que de vils factieux,
Lui montrassent toujours un front séditieux,
Jure d'anéantir cette ligue barbare,

Et pour donner l'assaut à l'instant se prépare.
En vain de l'Océan les flots impétueux,
Du salpêtre embrasé les homicides feux
Présentent aux Français la mort inévitable.
Angoulême les voit, leur cœur est indomptable;
Ils franchissent d'un bond mille flots entassés,
Bravent les feux mortels par le bronze lancés;
Sous leurs coups redoublés les bastions s'écroulent,
Les membres fracassés sur la poussière roulent,
Tout ce qu'atteint le fer plonge au sein de la mort.
Confondu, terrassé par ce terrible effort,
Le fier Trocadéro, boulevard des rebelles,
Voit les guerriers Français dans ses murs infidèles,
Et leurs drapeaux, flottant sur le fort Saint-Louis,
Font trembler les Cortès jusqu'au sein de Cadix.

L'ange du mal vaincu délaisse sa victime,
Et frappé de terreur s'enfonce dans l'abîme.

Honneur vous soit rendu, magnanimes guerriers,
Dont le bras a cueilli ces immortels lauriers !
Généreux Angoulême, émule d'Henri-Quatre !
De tes nobles vertus ta patrie idolâtre,
Par ses transports touchans t'exprima son amour.
Ton Roi, le bon Louis, bénissant ton retour,
Dans ses bras paternels, reçut avec tendresse,
Le héros des Français, l'espoir de sa vieillesse.

Illustre Carignan ! de ta noble valeur
Tu ne pus modérer la brûlante chaleur ;
Affrontant des premiers les flots et la mitraille,

Tu parus le dieu Mars sur le champ de bataille.
Les grenadiers français de ton courage épris,
Flattèrent ton grand cœur d'un honorable prix.

Et vous Faverge, Obert, Montferré, Ligneville,
Bordesoulle, Dupau, Vaille, Dode, Granville,
Tirelet, Farincourt, Escars, Couté, Gougeon,
Miremont, Monistrol, Vacherez, Campredon;
Et vous tous preux guerriers dont le bras invincible,
Porta de si grands coups dans ce combat terrible:
Brûlant de signaler aux yeux de l'univers,
Votre amour pour Louis par mille exploits divers:
Tels que des tourbillons d'une flamme rapide,
Dévorent les forêts dans leur fureur avide,
Ne laissant après eux que des tronçons brûlans;

Tels de sang altérés vos fers étincelans,
Brisent des Castillans les bandes fugitives,
Et, vainqueurs de la mer, ensanglantent ses rives.

Pendant qu'aux Espagnols dans ces brillans combats,
Bourbon faisait sentir la vigueur de son bras;
Ses dignes lieutenans suivant ses nobles traces,
Des Cortès vacillans augmentaient les disgrâces.
Damas aux champs de Llers guidant ses escadrons,
Écrasait Fernandez et tous ses bataillons.
Lauriston foudroyant Pampelune la fière,
Contemplait ses créneaux gisant dans la poussière,
Bourck domptait la Corogne, et se faisait aimer
En éteignant les feux prêts à la consumer.

Larochejaquelain dont l'ardeur militaire,

Fut toujours pour les siens un titre héréditaire,
Aux champs de Truxillo, couverts de Castillans,
Étonnait les guerriers par ses exploits brillans.
Partout où des Cortès les cohortes errantes
Affrontaient des Français les colonnes vaillantes,
Bientôt l'unique effet de leur présomption,
Était la mort, la fuite ou la soumission.
Quiroga sur les flots errant à l'aventure,
Fuyait le sol natal témoin de son parjure.
Riégo chargé de fers au fond d'un noir cachot,
Au lieu du diadême attendait l'échafaud.

Les Cortès atterrés voyaient grossir l'orage,
Qui bientôt sur Cadix déployant son ravage,

Menaçait d'engloutir jusqu'à ses fondemens.
Bourbon par sa valeur maître des élémens,
Dirigeait à son gré, les terribles machines
Ministres de la mort, précurseurs des ruines.
Ils craignent d'un assaut les dangereux effets :
Le souvenir récent de leurs lâches forfaits,
Les glace de terreur, ils quittent la puissance,
Et de leur maître libre, implorent la clémence.

Ferdinand délivré de leurs fers odieux,
Rendit grâces d'abord à la bonté des Cieux;
Et quittant aussitôt le repaire du crime,
Il courut dans les bras du héros magnanime,
Qui brava les périls pour défendre ses jours,
D'Espagnols, de Français un immense concours

De leur marche paisible embarrassant la voie,
Fatiguait les échos de l'excès de sa joie.

Jusqu'au sein de Madrid le noble fils d'Henri
Suivit des Castillans le monarque chéri;
Là, satisfait d'avoir accompli sa promesse,
Il revint de Louis rassurer la tendresse.
L'univers admirant de si nobles travaux,
Marqua sa place au rang des plus fameux héros.

Tel fut ce règne heureux dont la douce influence,
Effaça les forfaits des tyrans de la France.
Sombre et farouche envie, en vain ton noir venin,
Voudrait de ce grand Roi souiller l'heureux destin:
Pour repousser les coups de ta langue perfide,

Minerve l'a couvert de sa terrible égide.

Fuis !! malgré ta fureur, nos derniers petits-fils,

Béniront les bienfaits et le nom de LOUIS.

POÉSIES DIVERSES.

LA REDDITION DE CADIX.

STANCES LYRIQUES.

Rentrez ! rentrez dans les ténèbres,
Fléaux des trônes, des autels !
Assez long-temps vos cris funèbres
Ont épouvanté les mortels.
Oseriez-vous d'un œil farouche,
Et le blasphême dans la bouche,
Venir troubler nos doux concerts ?
Fuyez ! le grand nom d'Angoulême,
Tel qu'un foudroyant anathême,
Vous poursuivra jusqu'aux enfers.

C'en est donc fait, horde ennemie !

Que sont devenus vos succès ?
Cadix se rend ! et l'infamie
Est le seul prix de vos excès.
En vain vos trames criminelles,
De quelques Espagnols rebelles,
Fomentaient les séditions ;
Bourbon, plus terrible qu'un foudre,
S'élance, frappe et met en poudre,
Et boulevarts et bastions.

Généreux Prince, ta vaillance
Saisit la palme des héros,
Et l'amour de l'heureuse France
Couronne tes nobles travaux.
Et vous, fiers enfans de Bellonne,

Que le péril jamais n'étonne ;
Français, modèles des guerriers !
Les détracteurs de votre gloire,
Terrassés par votre victoire,
Sont étouffés sous vos lauriers.

O Ferdinand, que ta souffrance
A fait souvent couler nos pleurs !
Que de plaisirs ta délivrance,
Fait succéder à nos douleurs !
Peuples ! dans vos chants d'allégresse
Dictés par la plus douce ivresse,
Au Ciel adressez mille vœux,
Pour que la Gaule et l'Ibérie
Ne forment plus qu'une patrie,

Jusqu'à nos arrière-neveux.

Et toi, déplorable victime
Du plus atroce des forfaits,
Noble Berry ! la main du crime
Te ravit aux vœux des Français.
Ton bras au milieu du carnage
Aurait secondé le courage
D'un héros si cher à ton cœur.....
Du haut de la voûte céleste,
Contemple ton fils !.... Il nous reste,
Et du trépas te rend vainqueur.

LA NAISSANCE

DE Mgr LE DUC DE BORDEAUX.

STANCES LYRIQUES,

PRÉSENTÉES A S. A. R. MADAME.

Divin flambleau de la nature,
Astre chéri, brillant soleil,
Que ta lumière vive et pure,
Se montre en tout son appareil;
Que ton char radieux sortant du sein de l'onde,
De gloire environné,

Jamais par tant de feux n'ait éclairé le monde
Qu'en ce jour fortuné.

Que l'obscur nuage,
La foudre et l'orage
Désertent les airs ;
Qu'un trait de ta flamme,
Versé dans mon âme,
Échauffe mes vers.

Courez, volez nymphes légères,
Quittez les fleuves et les bois,
Venez vous joindre à nos bergères,
J'entends la flûte et le hautbois.
Je vois déjà le vieux Sylène,

Arrivant aux bords de la Seine,
Couronné de pampre et de fleurs ;
Venez, par les jeux et la danse,
Célébrer l'heureuse naissance,
D'Henri, l'idole de nos cœurs.

Venez, dépouillez toute crainte,
La France n'a plus de tyrans ;
Le despotisme et la contrainte
Ont fui loin de nos bords rians.
La paix, l'honneur, la confiance,
La douceur et la bienfaisance,
Entourent notre Roi chéri ;
Tressez pour lui des immortelles,

Et d'un bandeau de fleurs nouvelles,
Venez orner le front d'Henri.

Accourez, guerriers intrépides,
Défenseurs du sang de nos rois,
Sur le sein de sujets perfides,
La gloire a tracé vos exploits.
Venez, l'aspect de votre armure,
Va faire tomber la parure
Qui cache un Achille nouveau;
Vous le verrez plein de vaillance,
Échanger votre noble lance
Contre les jeux de son berceau.

Ah! si jamais Mars en furie,

Excitant ses coursiers fougueux,
Osait au sein de la patrie
Porter des pas présomptueux :
Alors, plein d'une noble audace,
Affrontant le dieu de la Thrace,
Et guidant vos fiers bataillons;
Vous le verriez brillant de gloire,
Sur ses pas traînant la victoire,
Prouver qu'il est fils des Bourbons.

Venez, juges incorruptibles,
Dépositaires de la loi;
Venez, législateurs paisibles;
Venez, ministres de la foi;
Accourez tous, Français fidèles,

Et par des chansons immortelles,
Doux interprètes de nos cœurs,
Célébrons la brillante aurore
D'un jour que le ciel fit éclore,
Pour nous combler de ses faveurs.

Et vous, fléaux de la patrie,
Vous dont la parricide main,
Sur une fleur de lis chérie
Fit tomber un fer inhumain,
Fuyez! de nos plaisirs, votre seule présence
Troublerait les apprêts :
Pour assortir nos lis, ornement de la France,
Vos fleurs sont les cyprès.

Ah! si le délire

Que ce jour m'inspire
Passait dans mes vers,
Le céleste empire,
Aux sons de ma lyre,
Tairait ses concerts.

Sur les ailes des vents franchissant les nuages,
Je voudrais implorer l'auteur de tous les âges,
En ces termes touchans :

Immortel Créateur de la vive lumière,
Toi, qui d'un seul regard animas la poussière,
Daigne écouter mes chants.

Daigne écouter, grand Dieu! ta bonté paternelle.

Exauce-moi ; les vœux que m'inspire mon zèle,
Méritent d'être ouïs.

Ils sont pour un héros dont l'auguste naissance
A comblé les désirs, est toute l'espérance
De l'empire des lis.

Tu l'annonças, grand Dieu ! par un coup de tonnerre,
Et ce coup foudroyant répandit sur la terre
Un sang bien précieux.

Ah ! pardonne, pardonne à ma douleur extrême,
Ce murmure indiscret : que ta bonté suprême
N'écoute que mes vœux.

Accomplis-les, Seigneur, et que ta main puissante
Épanchant ses faveurs sur la tête innocente
Du fils de tant de rois;

En écarte à jamais et la foudre et l'orage,
Et qu'il voie écouler nos neveux d'âge en âge
Sous ses paisibles lois.

CHARLES X.

STANCES LYRIQUES,

PRÉSENTÉES A SA MAJESTÉ.

La Mort, l'affreuse Mort, dont les terribles lois,
Frappent d'un même coup les sujets et les rois,
S'élançant du sein des ténèbres,
Sur le sage Louis appesantit son bras.
Le héros sans pâlir, voit venir le trépas,
Entouré de cyprès funèbres.

Ses enfans bien-aimés, la douleur dans les yeux,
Suppliaient ardemment le Souverain des Cieux
    De conserver ce tendre père.
    Mais du Destin, l'arrêt sévère
Réclamait sa victime!... *Adieu, mes chers enfans,*
Que Dieu soit avec vous!... O sublimes accens!
Ils furent les derniers : sa langue embarrassée
Laisse à ses yeux mourans achever sa pensée.
Ils se ferment bientôt pour ne s'ouvrir jamais,
Et son âme s'envole au séjour de la paix.

O France fidèle!
Ta douleur mortelle
A percé les airs;
Et de l'empirée

La voûte sacrée
Redit tes concerts.

Mais aux premiers feux de l'aurore,
Une voix douce et plus sonore
Que les plus magiques accords,
Rompant le silence des morts
Fit entendre ces mots pleins d'espoir et de charmes :

Vaillans Français séchez vos larmes,
Que la paix rentre dans vos cœurs :
Le ciel sensible à vos douleurs,
Vient calmer vos tristes alarmes,
Et faire succéder l'allégresse à vos pleurs.

Contemplez le héros aimable,
Digne successeur de Louis ;
Voyez sur son front adorable
Briller la couronne des Lis !

Voyez la majesté dont l'éclat environne
Son auguste personne !
Dans son regard brillant quelle sérénité !
Dans le son de sa voix quelle douce bonté !

CHARLES ! quel heureux nom ! qu'il rappelle de gloire !
A ce nom, la Victoire
Répond par un souris ;
Les Amours et les Ris

A ce nom glorieux célèbrent la mémoire
De leurs antiques favoris :

De ces preux chevaliers dont la haute vaillance
Punissait les tyrans, protégeait l'innocence,
Fixait la victoire à leurs chars ;
Qui s'élançant des champs de Mars
Encore bouillans de carnage,
Aux pieds de la beauté déposaient leur hommage.

Votre CHARLES comme eux signala son grand cœur,
Sa loyauté, sa franchise ;
Et toujours prit pour devise :
Dieu, les dames et l'honneur.

Sous ses paisibles lois, vos jours remplis de charmes,

Couleront lentement loin des froides alarmes.
L'aimable paix dans tous les cœurs
Répandra ses douces faveurs.

L'active industrie,
Hors de la patrie,
Redoublant d'efforts,
Va braver Neptune,
Et de la fortune
Ravir les trésors.

Tranquillement assis auprès de son vieux père,
Le laboureur pourra prévenir ses besoins,
Et la vierge sensible, aux genoux de sa mère,
De l'ami de son cœur vanter les tendres soins.

Ils ne trembleront plus que Bellone en furie,
S'échappant des enfers,
Épouvante les airs,
Et trouble les douceurs de leur paisible vie.

Cependant si jamais l'affreuse déité,
Sur ses pas traînant le carnage
Et l'incendie et le ravage,
Menaçait d'obscurcir votre félicité ;

Vous verriez ce héros pétillant de vaillance,
D'un bras hardi prenant sa lance,
Braver Bellone et le trépas ;
Et toujours fidèle à la gloire,

Dans le sentier de la victoire
Vous devançant, guider vos pas.

A ces mots, les Français éloignant la tristesse,
Déposent leurs regrets au tombeau de Louis,
Et répètent cent fois dans leurs chants d'alégresse
Vive CHARLES ! l'honneur de l'empire des Lis !

LES DEUX TEMPLES.

Comme ton cœur bat, douce amie,
Je le sens bondir sous ma main,
C'est la fatigue du chemin ;
Reposons-nous dans la prairie.

Déjà le soleil radieux,
Sorti du vaste sein de l'onde,
De sa clarté vive et féconde
Répand les bienfaits gracieux.

Viens à l'ombre du vert feuillage
T'asseoir auprès de ce ruisseau,
Le doux murmure de son eau
S'unit aux chantres du bocage.

Il offre à ton gosier brûlant
Ses ondes fraîches et limpides;
Et le beau fruit des Hespérides
Brille d'un jaune étincelant.

Ici finit notre voyage,
Jette les yeux sur ce vallon;
Ne vois-tu pas ce pavillon
Couronné d'un épais ombrage?

C'est là que la Fidélité,
Cette vierge pure et céleste,
Fuyant un orage funeste,
Vint pleurer sur la royauté.

Long-temps plaintive et solitaire,
Déplorant ses maux inouïs,
De quelques amis de Louis
Elle partagea la misère.

Dans le creux sombre d'un rocher
Passant sa vie infortunée,
Elle fuyait la forcenée
Qui l'obligeait à se cacher.

C'était sa sœur l'Hypocrisie,
Dont les projets ambitieux,
Des Français fascinant les yeux,
Leur inspiraient sa frénésie.

Enfin le Ciel touché des pleurs
De cette vierge inconsolable,
Lui tendit sa main secourable,
Et calma ses vives douleurs.

Louis, le front brillant de gloire,
Et la main pleine de bienfaits,
En France ramena la paix
Sur les ailes de la Victoire.

Elle sortit de son réduit,
Et malgré sa longue souffrance,
Elle resplendit sur la France,
Comme l'étoile dans la nuit.

Près de Louis, elle s'empresse
D'accourir, rêvant le bonheur;
Mais elle y rencontre sa sœur
Se déguisant avec adresse.

Louis, lui dit : Sois près de moi,
Que désormais ton ermitage
Devienne le pèlerinage
De la constance et de la foi.

Dès ce moment auprès du trône
Elle vint fixer son séjour ;
Mais redoutant toujours l'amour
De plus d'un grand qui l'environne.

Cependant au fond du vallon
Où cette vierge fugitive,
Des accens de sa voix plaintive
Aux échos demandait Bourbon :

Les mains de ses amans fidèles
Ont élevé ce monument,
Simple, et n'ayant pour ornement
Qu'un lis, un chien, deux tourterelles.

C'est là que viennent tour à tour,
En un charmant pèlerinage,
Le juge intègre, le vrai sage,
Les cœurs épris d'un tendre amour.

Le bon époux, l'ami sincère,
Le guerrier sensible à l'honneur,
Le paisible législateur,
Le délicat dépositaire.

Mais, cher amour, à mes regards
Vient s'offrir une autre vallée,
Plus riante et moins isolée,
La foule y court de toutes parts.

Ah ! quel palais mes yeux découvrent !
Qu'il paraît vaste et somptueux !
De son sein partent mille feux,
Malgré les arbres qui le couvrent.

Mon doux ami, portons nos pas
Vers un séjour si plein de charmes.....
— Jamais !... c'est l'antre des alarmes,
De l'infortune et du trépas.

C'est là, que gît l'Hypocrisie,
Le sein déchiré du poison
Préparé par la Trahison
Que lui verse la jalousie.

Quand la perfide vit son char
Brisé, traînant dans la poussière,
Craignant l'éclat de la lumière,
Elle se tenait à l'écart.

Mais bientôt la fourbe déesse
S'enveloppant dans sa noirceur,
Parvint à décrier sa sœur
Aux yeux même de la Sagesse.

Alors, l'audace sur le front,
Et de plus en plus implacable,
A sa sœur pauvre et misérable,
Elle fit un dernier affront.

Grand nombre de sujets fidèles,
Touchés de son chagrin mortel,
Venaient aux pieds de son autel
Semer des lis, des immortelles.

L'horrible fille de l'Enfer,
Dans sa jalouse et sombre rage,
Pour lui ravir ce vain hommage
La poursuivit dans son désert.

Elle fit élever ce temple,
Dont l'aspect riche et gracieux,
Éblouit, fascine les yeux
Des vils mortels qu'elle y rassemble.

Deux portes ferment ce palais,
L'Égoïsme en garde l'entrée,
Et la sortie est confiée
Au Remords, vengeur des forfaits.

Dans le centre de l'édifice
Est l'autel de l'Ambition,
Surmonté d'un caméléon,
Et desservi par l'Artifice.

De mille flambeaux la clarté,
Jaillit autour du sanctuaire ;
Mais cette lueur mensongère
Imite les eaux du Léthé.

Dès qu'elle a frappé le visage
Des mortels, que l'attrait flatteur
De cet asile corrupteur
Dans ses détours attire, engage;

Les yeux frappés d'aveuglement,
Ils errent sans se reconnaître,
Et sans jamais laisser paraître,
Ni pudeur, ni frémissement;

Rangés en forme circulaire,
Cent portiques de marbre blanc,
De leur éclat éblouissant
Embellissent le sanctuaire.

Chaque portique est le séjour
D'un pontife ou d'une prêtresse
Tous serviteurs de la déesse
Et les ministres de sa cour.

Des signes hiéroglyphiques
Que traça la Dextérité,
Indiquent la diversité
Des habitans de ces portiques.

Là siègent les Plaisirs secrets,
Fils monstrueux de l'Adultère;
Ils s'enveloppent du mystère,
Mais derrière eux sont les regrets.

Ici réside la Vengeance;
En vain son accent furieux
Dit : Je fais le plaisir des dieux,
Sur elle fond la Providence.

Plus loin règnent les faux Sermens,
Nés de l'or et de l'avarice;
Mais Thémis en voit l'artifice,
Et prépare ses jugemens.

Dans ce palais abominable,
Séjour des vices réunis,
Se rassemblent les faux amis
Et l'usurier insatiable;

Le juge prévaricateur,
L'épouse coquette et volage,
Le guerrier sans foi, sans courage,
L'avide et perfide tuteur;

L'amant épris d'une autre belle,
Le courtisan ambitieux,
Le philosophe astucieux,
Et l'impie à son Dieu rebelle.

On y voit enfin accourir
Tous ceux dont la perfide adresse,
Redoutant l'œil de la Sagesse,
D'un faux dehors veut se couvrir.

Mais dès que l'ange de l'abîme
Les a jetés sur cet écueil,
Les malheureux, jusqu'au cercueil,
Roulent tombant de crime en crime.

Si quelquefois le Repentir
Perçant cette voûte infernale
Vient les frapper; de ce dédale
Ils n'ont qu'un endroit pour sortir.

L'entrée est pour eux invisible,
Et malgré les plus grands efforts,
C'est par la porte du Remords,
Qu'on sort de ce palais terrible.

Mais, ô dieux! quel affreux tableau
Alors vient s'offrir à leur vue!
C'est la Vérité toute nue,
Qui leur présente son flambeau.

A sa clarté vive et brillante,
Tombe le bandeau de l'erreur;
Au même instant un cri d'horreur
Sort de leur bouche frémissante.

Adieu palais, adieu plaisirs,
Bosquet fleuri, charmante allée;
Ils errent dans une vallée,
Séjour des pleurs et des soupirs.

Ici cette épouse adultère,
Dont l'affreux et perfide cœur,
Pour suivre un lâche séducteur,
Quitta ses enfans et leur père;

Entend l'époux dont le chagrin
A fini la triste existence,
Lui reprocher son inconstance,
Et la nommer son assassin.

Voit ses enfans dont l'innocence
Ne put vaincre sa passion,
Près d'elle, sans émotion
Passer dans un morne silence.

Là, ce perfide meurtrier,
Dont la vengeance détestable,
Crut sous un voile impénétrable
Cacher son homicide acier;

Voit sa victime encor sanglante,
S'élançant du sein du tombeau,
Lui présenter l'affreux couteau
Qu'agite sa main menaçante.

Plus loin frémit l'impie altier
Aux sons bruyans de la trompette,
Qui semble annoncer sur sa tête
Le jour du jugement dernier.

Enfin dans ce lieu redoutable,
Privé de la clarté des cieux,
L'aspect de son crime odieux
Punit sans cesse le coupable.

Tu frémis! fuyons, cher amour,
Le palais d'une enchanteresse
Qui du manteau de la Sagesse
Cache des serres de vautour.

Allons déposer notre offrande
Aux pieds de la Fidélité :
C'est là qu'est la félicité
Qu'un cœur sensible et bon demande.

Déjà du char étincelant
Du Dieu qui répand la lumière,
Prêt à terminer sa carrière
S'échappe un feu moins violent :

Zéphire à travers le feuillage
Se glisse, et d'un souffle amoureux
Vient caresser tes blonds cheveux
Et rafraîchir ton doux visage.

Viens, sous mon bras pose ton bras,
Que ton cœur près du mien palpite,
Qu'un seul sentiment les agite
Jusqu'aux barrières du trépas.

Unis au bouquet d'immortelles
Ces lis éclatant de blancheur,
Le doux parfum de cette fleur
Plaira toujours aux cœurs fidèles.

Cueille aussi ce tendre muguet,
Entoure-le de ces pensées ;
Elles seraient trop écrasées
Par les feuilles du fier œillet.

Ici tout vient de la nature,
Et c'est de son fertile sein
Que sortent, brillent sans dessein
Les bois, les fleurs et la verdure.

12

O toi l'idole de mon cœur,
Charmante moitié de moi-même!
Toi, ma félicité suprême,
Vivant symbole de candeur!

Ah! dis-moi si l'aspect champêtre
De ce lieu paisible et charmant,
Verse en ton sein le feu brûlant
Qui circule dans tout mon être?

Viens, que l'amour guide nos pas,
Jurons aux pieds de l'immortelle,
Toi de rester toujours fidèle,
Moi de t'aimer jusqu'au trépas.

O Vierge aimable autant que pure !
De ton souffle divin naissent les vrais plaisirs,
Les transports innocens et les chastes désirs
Que tu reçus de la nature.

C'est ta main qui guidait sur la tombe d'Hector
Sa veuve désolée,
Lorsque seule, isolée,
A ses tristes regrets elle donnait l'essor.

Ton délire animait le dévouement d'Alceste,
Lorsque l'inflexible Atropos
Levant déjà ses noirs ciseaux,
Menaçait son époux d'une atteinte funeste.

Toi seule, de la douce paix,
Sur le vaste univers peux répandre les charmes.
Ton absence le livre aux sinistres alarmes,
Filles du trouble et des forfaits.

Sans ton puissant secours est-il un seul empire
Qui ne fût renversé jusqu'en ses fondemens,
Et quand l'enfer jaloux à les sapper conspire,
Tu l'enchaînes dans tes sermens.

Aimable Déité, daigne agréer l'hommage
De deux cœurs sensibles et purs,
Chasse loin d'eux le vice et ses desseins obscurs
Et du soupçon l'affreux nuage.

Que toujours ton divin flambeau,
Ranimant de ses feux l'ardeur qui les dévore,
Ils arrivent ensemble à leur dernière aurore
Et soient unis même au tombeau.

Ah! si jamais l'indifférence,
Traînant sur ses pas l'inconstance,
Les révoltait contre ta loi :
Que ta main, puissante Immortelle,
Punisse à l'instant l'infidèle
Qui trahirait ainsi sa foi.

Accueille encor les vœux sincères
Qu'ils osent t'adresser pour leurs Princes chéris,

Les Bourbons sont l'amour de l'empire des Lis
Et les émules de leurs pères :

Comble-les des bienfaits que ta prodigue main
Leur dispensait en abondance,
Et si comme eux ils font le bonheur de la France,
Qu'ils jouissent au moins de leur heureux destin.

TABLE

DES MATIÈRES.

www.ingramcontent.com/pod-product-compliance
Ingram Content Group UK Ltd.
Pitfield, Milton Keynes, MK11 3LW, UK
UKHW012039240726
13965UKWH00003B/916